VENTE
Du Lundi 10 Avril 1911

HOTEL DROUOT, SALLE N° 11
A DEUX HEURES

OBJETS D'ART
DE LA CHINE ET DU JAPON

Porcelaines, Bronzes, Émaux cloisonnés

MEUBLES
TENTURES — ROBES ET CASAQUES — PANNEAUX BRODÉS

IVOIRES, ESTAMPES JAPONAISES

Belle Collection de Tabatières chinoises en pierres dures

TABLEAUX
PAR ZIEM, APPIAN, LUMINAY, ETC.

Appartenant à Madame veuve D...

COMMISSAIRE-PRISEUR
M° GEORGES TIXIER
EXPERTS
MM. A. & J. LOGÉ

CATALOGUE

DES

OBJETS D'ART

ET

D'AMEUBLEMENT

DE LA CHINE ET DU JAPON

MEUBLES, PORCELAINES ANCIENNES & MODERNES

BRONZES

ÉMAUX CLOISONNÉS — IVOIRES — NETZUKÉS — ESTAMPES JAPONAISES

Tentures, Robes et casaques, Panneaux brodés

BELLE COLLECTION DE TABATIÈRES CHINOISES EN PIERRES DURES

TABLEAUX

des Écoles Française et Hollandaise

TOILES DE ZIEM, APPIAN, LUMINAY

Appartenant à Madame veuve D...

Dont la Vente aux Enchères publiques aura lieu

HOTEL DROUOT, SALLE N° 11

LE LUNDI 10 AVRIL 1911

à deux heures précises

COMMISSAIRE-PRISEUR	EXPERTS
Mᵉ GEORGES TIXIER	**MM. A. & J. LOGÉ**
45, rue de la Chaussée-d'Antin	57, rue Saint-Lazare

EXPOSITION PUBLIQUE

Le Dimanche 9 Avril 1911, de deux heures à six heures

CONDITIONS DE LA VENTE

Elle sera faite au comptant.

Les adjudicataires paieront *dix pour cent* en sus des enchères.

L'exposition mettant le public à même de se rendre compte de l'état et de la nature des objets, aucune réclamation ne sera admise une fois l'adjudication prononcée.

Paris. — Imp. de l'Art, Ch. Berger, 41, rue de la Victoire

DÉSIGNATION

OBJETS DE LA CHINE ET DU JAPON

BRONZES

1 — Vase bronze chinois, forme archaïque.

2 — Vase bronze du Japon, patine claire.

3 — Vase bronze du Japon à médaillon, décor en relief.

4 — Vase bronze du Japon forme arrondie, anse figurant des dragons.

5 — Vase chinois, décor gravé, avec anneaux formant anses.

6 — Bougeoir et deux petits vases bronze.

7 — Lot de quatre candélabres bronze.

8 — Aigle bronze sur un rocher.

9 — Groupe de cinq éléphants en bronze du Japon, sur socle bois.

10 — Coq bronze ciselé du Japon, sur socle.

11 — Groupe de trois singes, sur socle.

12 — Epervier bronze tenant un lézard, sur socle.

13 — Deux divinités bronze du Cambodge.

14 — Petit personnage de Kaga sur socle.

15 — Grand vase en bronze du Japon cire perdue à plateau mobile, décoré du dieu du Bonheur (Oteï) dans une barque. Dans le haut une lune argentée. (Fort belle pièce.)

16 — Vase bronze ancien de Chine à trois goulots.

17 — Paire de lanternes bronze du Japon.

18 — Coq, bronze du Japon, formant brûle-parfums.

19 — Deux grands et beaux vases du Japon, incrustations d'or sur bronze (bronze d'Osaka).

20 — Brûle-parfums bronze.

ÉMAUX CLOISONNÉS

21 — Koro cloisonné, fond rouge du Japon.

22 — Koro fond bleu, trépied.

23 — Vase fond bleu, forme carrée.

24 — Vase de même forme, à anses.

25 — Paire de vases cloisonnés de Chine, fond
blanc.

26 — Paire de petits vases de Chine cloisonné.

27 — Grand vase cloisonné du Japon.

28 — Table, monture bronze, surmontée d'un plateau en ancien cloisonné de Chine.

PORCELAINES

29 — Vase porcelaine de Chine, décor fleurs et
oiseaux.

30 — Vase à couvercle, de même décoration.

31 — Légumier chinois, époque des Ming, à décor
de feuillages polychromes.

32 — Très intéressant vase, époque Kang-shi, fond
jaune, décor d'émaux polychromes.

33 — Garniture en porcelaine de Chine de trois pièces : deux cornets et une potiche, décor dragons bleus.

34 — Vase satzuma, forme carrée, décoration de fleurs.

35 — Coupe de Kinkozan, à décor de personnages.

36 — Bol satzuma, décoré de dragons et oiseaux de Hô.

37 — Petit vase, forme boule, décor oiseaux et grillage simulé.

38 — Petit panier ajouré à anses.

39 — Bol cylindrique, à décor de fleurs.

40 — Coupe plate de Kinkozan : personnages.

41 — Vase porcelaine de céladon, décor bleu (restauré).

42 — Vase porcelaine de céladon fêlé.

43 — Vase en vieux Chine figurant un éléphant.

44 — Petite vasque en vieux céladon.

45 — Paire de vases de Chine, décor bleu, forme cylindrique.

FLACONS A TABAC

46 — Tabatière en jade vert, dessins gravés.

47 — Tabatière en jade vert uni, forme aplatie. — Bouchon en bronze ouvragé. (*Pièce rare.*)

48 — Tabatière en agate herborisée. (*Pièce très rare.*)

49 — Tabatière en agate herborisée, bouchon en jade. (*Pièce très rare.*)

50 — Tabatière en silex veiné, bouchon à cabochon.

51 — Tabatière en agate, décorée de papillons verts.

52 — Tabatière en agate, décor de barque sculptée.

53 — Tabatière, de même décor. (*Pièce rare.*)

51 — Tabatière en agate, décorée de personnages et buffles. (*Pièce rare.*)

55 — Tabatière en agate, décorée d'oiseaux.

56 — Tabatière en agate sculptée de cerf et oiseaux.

57 — Tabatière en agate : groupe de singes. (*Jolie pièce*).

58 — Tabatière en agate, à décor d'oiseaux.

59 — Tabatière, de même matière et décorée identiquement.

60 — Tabatière en agate, décor de personnages assis. (*Belle pièce.*)

61 — Tabatière en agate, décor de singes.

62 — Tabatière en agate, décor : Danseuse à la corde en relief.

63 — Tabatière en améthyste sculptée de personnages.

64 — Tabatière en améthyste plate, sans décoration.

65 — Tabatière en jade, figurant des fleurs aquatiques.

66 — Tabatière en jade, figurant la main de Bouddha. (*Pièce rare.*)

67 — Tabatière en jade, à décor de chauve-souris.

68 — Tabatière en jade laiteux, à décor de personnages.

69 — Tabatière en blanc de Chine sculptée de personnages.

70 — Tabatière ancienne en cristal fumé, à décor de chauve-souris.

71 — Tabatière en jade vert uni.

72 — Tabatière en porcelaine, décor de fleurs de
pêchers, sur fond bleu.

73 — Tabatière en verre bleu strié, dit de Pékin.

74 — Tabatière en porcelaine, décorée de caractères
en bleu.

75 — Tabatière en porcelaine bleue de Pékin, à
décor de personnages.

76 — Tabatière en porcelaine, décor de caractères
en relief. Époque Kang-shi.

77 — Tabatière en porcelaine bleue de Pékin, décor
de chevaux.

78 — Tabatière en porcelaine, à décor bleu.

79 — Tabatière ancienne sur fond gros-bleu, décorée de branches de fleurs et d'oiseaux.

80 — Tabatière en porcelaine, époque Yung-shing,
décor de dragons.

•81 — Tabatière, de même époque, décorée pareille-
ment.

82 — Tabatière en bokaro.

83 — Bonbonnière en blanc de Chine ancienne.

84 — Boite à fard en jade blanc et vert.

85 — Bloc d'ambre figurant des animaux symboliques, leurs yeux sertis de pierreries.

IVOIRES

86 — Trois musiciennes en ivoire, sur socle.

87 — Groupe de coq, poule et poussins en ivoire.

88 — Deux geisha avec ombrelle en ivoire.

89 — Boule sculptée et personnage.

90 — Ivoire ancien du Japon, représentant Bishamon, patron des armes.

91 — Lot de netsukés anciens et modernes. (Ce lot sera divisé.)

TENTURES ET ROBES

92 — Robe non montée chinoise gobelin fond bleu, décor petites fleurs et papillons.

93 — Casaque fond rouge, décor fleurs bleues.

94 — Casaque fond rouge brochée chinoise, parements en broderie de personnages.

95 — Panneau chinois fond rouge, décor : cerf et
ibis.

96 — Lambrequin chinois, décor de Mon (Fuku) et
petits bouquets.

97 — Petite casaque en soie brochée chinoise, décor : papillons, parements brodés.

98 — Casaque fond bleu clair chinoise ancienne,
décor : lotus et kakis.

99 — Jupe en soie brochée, parements brodés.

100 — Pantalon fond vert prune : fleurs brodées.

101 — Casaque fond rose en soie brochée.

102 — Robe étamine fond vert chinoise, parements
en soie brochée.

103 — Panneau fond noir, décor : dragons.

104 — Casaque fond bleu en étamine, manches
brodées.

105 — Casaque fond bleu en soie brochée, parements en broderie.

106 — Casaque fond jaune sur soie, décor : paniers
de fleurs et papillons en broderie bleue.

107 — Casaque fond rouge en soie brochée, parements en broderie.

108 — Col en soie rouge à broderies de fleurs.

109 — Casaque fond jaune en soie brochée, galons brochés.

110 — Casaque fond rouge, broderies de fleurs et papillons.

111 — Lambrequin sur drap rouge, à broderies de fleurs bleues.

112 — Pantalon, fond bleu ciel, broderies fleurs noires et or.

113 — Morceau jupon soie rouge.

114 — Casaque étamine verte, dessins ajourés, parements brodés.

115 — Pantalon soie verte brochée, galons dans e bas.

116 — Deux épaulettes en soie jaune impérial, brodées de fleurs rouges.

117 — Casaque soie verte brochée, décors ajourés, parements brodés.

118 — Jupon coton brodé.

119 — Jupe, fond rouge avec broderies appliquées.

120 — Casaque, fond jaune soie brochée, parements noirs brodés.

121 — Tablier, fond rouge, brodé.

122 — Très jolie casaque en soie rouge, décorée de papillons et corbeilles de fleurs.

123 — Casaque, fond jaune, décorée de fleurs polychromes.

124 — Bande drap brodé.

125 — Bandeau, décor personnages.

126 — Grand bandeau, décor varié.

127 — Pièce étoffe brochée du Japon ancienne, fond havane.

MEUBLES

128 — Deux devants de feu triptyque, incrustés nacre et divers sur bois laqué.

129 — Grand fauteuil Birman sculpté.

130 — Chaise de même genre.

131 — Guéridon de même travail.

132 — Meuble en bois de fer sculpté formant étagère.

133 — Paravent à quatre feuilles, fond des panneaux en laque d'or. Travail japonais.

OBJETS FRANÇAIS ET DIVERS

TABLEAUX

134 — Très beau tableau de Ziem, sujet : les Marchands de Venise.

135 — Tableau : Paysage. Signé : *Appian*.

136 — École française (XVIIIᵉ siècle). Portrait d'homme.

137 — École hollandaise (XVIIIᵉ siècle). Vue de port de mer.

138 — École française. Intérieur bourgeois.

139 — Tableau de Luminay : Porteuse de fagots.

140 — École hollandaise. Intérieur de ferme.

141 — École française (époque Louis XIV). Portrait de connétable. Cadre ovale bois sculpté et doré.

142 — Petit tableau d'icone russe ancien, représentant saint Nicolas.

143 — Tableau ancien, école hollandaise : fleurs. Attribué à Seegler's. Cadre ancien Louis XIV doré.

144 — Tableau : Moine endormi. Signé : *Hervier*.

145 — Tableau : Paysage. Signé : *Dupuy*.

146 — Tableau : Paysage. Signé : *Helvius*.

147 — Tableau genre PANINI : Paysage.

148 — Petit trumeau Louis XVI, bois doré, glace et peinture.

149 — Autre petit trumeau de même genre.

150 — Petit dessin, attribué à FRANK, avec son cadre Louis XIII dorure d'époque.

MEUBLES

151 — Chaise vénitienne.

152 — Lit Louis XV, rocaille laqué blanc (avec sommier).

153 — Table de nuit de même style.

154 — Commode Louis XV en marqueterie ; dessus en marbre.

DIVERS

155 — Buste de femme en terre cuite sur socle en bois.

156 — Lot de quinze estampes diverses du Japon, encadrées. (Ce lot sera divisé.)

157 — Personnage en grès de Corée. Pièce ancienne symbolique très intéressante du xviie siècle.

158 — Objets omis au Catalogue.